詩經
最早的歌

Book of Odes
The Earliest Collection of Songs

繪本

故事◎比方

繪圖◎AU

從前從前，很遠很遠的地方，
傳來歌聲……

3

有人在河邊
遇到一位好美的姑娘，
他為她睡不著的時候，
會這麼唱：
「看那河上叫個不停的鳥兒，
真是令人羨慕的一對。
善良可愛的姑娘，
正是優雅君子想追求的對象。」

4

有位姑娘要結婚了，
大家祝福她一定會照顧婆家，
讓家族興旺，
就會這麼唱：
「桃樹長得這麼旺盛，
花兒開得這樣美麗。
漂亮的姑娘出嫁了，
一定能和家人過著幸福快樂的生活。」

看到做官的，

白吃白拿，

沒良心啊，

他們就唱：

「怎麼有人不種田，

也不割稻，

什麼都不做，

還拿了人家的穀物呢！」

9

唱著唱著，有人在大自然裡打獵、
捕魚，在草原養牛養羊，
種植穀子、稻子、桑麻……
有時候天下太平，有時候受苦受難。
這些小老百姓都會用唱歌來表達……

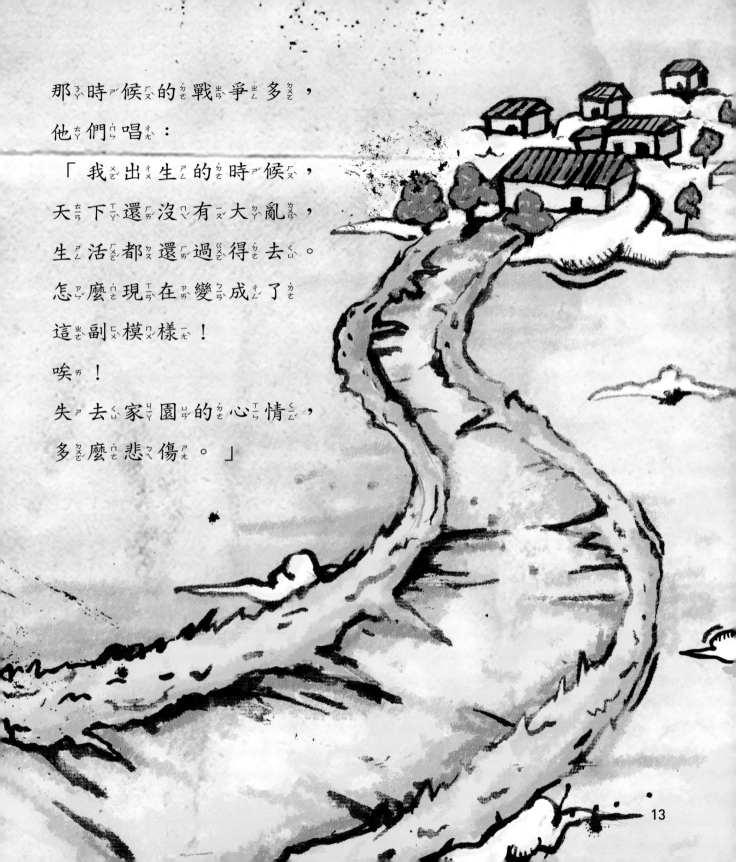

那時候的戰爭多，
他們唱：

「我出生的時候，
天下還沒有大亂，
生活都還過得去。
怎麼現在變成了
這副模樣！
唉！
失去家園的心情，
多麼悲傷。」

13

女人的丈夫當兵去，
不知道什麼時候
才能回來，
她們就會唱：
「我的丈夫去當兵，
究竟要到何時，
他才會回家呢？」

當他們戀愛，

或者有喜歡的人，

時時刻刻會想起對方的時候，

更會情不自禁地高聲唱：

「有個姑娘跟我同車，

她長得像花一樣美麗，

一舉一動就像跳舞一樣優雅。」

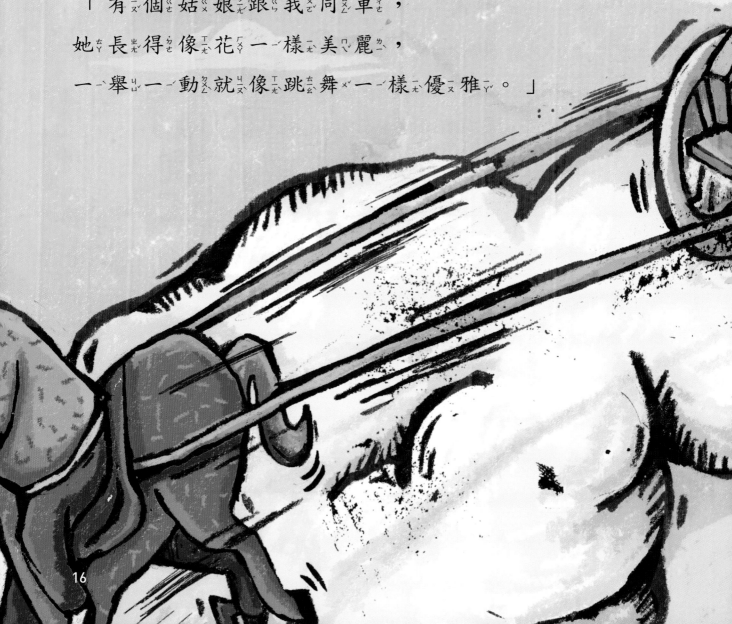

這些歌，

有人收集、保存下來，

就成了中國最早的一部詩歌總集，

也就是《詩經》。

後來的人，

把它看作是很重要的經典。

可是我們不該忘了，
《詩經》裡，是從前從前，
很遠很遠的地方，
有些人，
和我們有一樣的悲歡離合、
喜怒哀樂，
在唱他們自己的歌。

20

詩經

最早的歌

讀本

原著◎無名氏
原典改寫◎唐香燕

《詩經》是由許多人共同完成的詩歌總集，並由孔子刪詩編輯而成。

《詩經》中，有些作品是採集自民間歌謠，其中〈國風〉就是當時中原地區所流傳下來的民間歌謠，是民間百姓經由口頭創作傳承而來。在這之中，有描述男女、夫妻間相互愛慕的微妙情愫，和小百姓日常生活所發生的種種點滴，寫著一般人的喜怒哀樂和悲歡離合。

小老百姓

周公

相關的人物

周公是周文王的兒子，西周的政治家、思想家。曾經輔助周武王伐紂滅商，奠定許多典章制度，他是孔子最崇敬的古代聖人之一。《詩經》中最早的作品大約成於西周初期，在眾多作者中，最知名的是周公，據說他寫了〈豳風·鴟鴞〉。圖為陝西岐山縣周公廟，為西周時期遺留至今的古蹟。

孔子

古代留下來的詩共有三千多首，是誰把它蒐集編選成目前的《詩經》？有一說是孔子。據說，孔子將詩刪成三百零五篇，不過也有人認為是古代樂官整理而成。孔子曾說「不學詩，無以言」，意思就是若不學《詩經》，就不會說優美的話語，向弟子強調《詩經》的重要。

大小毛公

在漢朝，有四個主要研究《詩經》的派別，分別是《齊詩》、《魯詩》、《韓詩》與《毛詩》，其中只有《毛詩》流傳至今，它是由漢代學者毛亨、毛萇（下圖）所注釋的。毛萇是毛亨的姪子，當時的人稱毛亨為大毛公，毛萇為小毛公。

采詩人

漢代某些學者研究認為，周朝朝廷派專門的「采詩人」在農閒時，到全國各地採集民謠，再由周朝史官彙集整理後給天子看，目的是了解民情。另外又有一種說法，說這些民歌是由各國的樂師搜集而來的。

25

《詩經》成書的時間大約是西周初期到春秋中期，
這期間發生了許多戰亂和文化上的改革。

約前 1130 ～ 1118 年之間
「牧野之戰」，導致商朝亡國，
西周誕生，這是商紂王和周武王
的決戰，史稱為「武王克殷」。

約前 1111 年
商朝滅亡後，周朝的領地擴大許
多，周公第一件任務就是鞏固政
權。他把周朝的同姓兄弟、功臣、
貴族分封在全國各地，實行「封
建親戚，以蕃屏周」的政策。經
過這樣的大分封之後，不但徹底
瓦解前朝的勢力，朝廷的政令也
可通過諸侯，貫徹到全國各個角
落了。

相關的時間

約前 1041 年

西周建立沒多久，周武王就死了，兒子周成王年幼繼位。武王的弟弟周公從旁輔佐，洛陽地區的三位貴族不滿周公，便散布謠言說周公會對成王不利，聯合叛亂，史稱「三監之亂」。周公親自領兵東征，花了三年才平定，後來他在洛陽營建東都，作為政治和軍事中心，又制定禮樂，藉以維繫國家和社會的秩序。

三監之亂

犬戎之禍

TOP PHOTO

約前 771 年

周幽王是西周第十二位皇帝，他沉溺酒色、不理國事，廢申后、改立褒姒，還以「烽火戲諸侯」（上圖）博取美人笑。申后的父親申侯為了報仇，聯合西北的犬戎起而反抗，周幽王最後在驪山被殺，這就是歷史上的「犬戎之禍」。首都鎬京滅了，繼位的周平王只好東遷到雒邑，開啟了東周的春秋時期。

約前 685 ～ 643 年

春秋五霸

平王東遷以後，周天子權威大大減弱，各國戰爭不斷，漸漸形成春秋五霸，其中又以齊桓公稱霸最早。他任用管仲為卿，推行改革，首倡「尊王攘夷」，說是要擁戴周天子、維護華夏，無形之中也擴張自己的利益，讓齊國成為泱泱大國。

《詩經》除了是中國最早的詩歌總集，它也是治國、外交的好工具。還有哪些和《詩經》相關的事物呢？

《詩經》依內容的不同，分為「風」、「雅」、「頌」三部分。「風」是當時各地的民歌，作者大都是民間歌手。「雅」是貴族官吏詩歌，又分「大雅」和「小雅」，「小雅」是宴請賓客時的音樂，「大雅」是國君接受臣下朝拜，陳述勸戒的音樂。「頌」是專門用於宗廟祭祀的音樂。

孔子非常重視《詩經》，他將《詩經》當作教材，教導弟子倫理五常，學習做人做事的道理。從西漢開始，《詩經》被確立為國家的經典，和《尚書》、《禮記》、《周易》、《春秋》合稱「五經」，到了宋代又被指定為科舉用書，而「四書」、「五經」也成為每個讀書人必讀的經典，更是中國儒家的經典書籍。

風、雅、頌

科舉

相關的事物

賦、比、興

《詩經》依表現手法的不同，又可分為「賦」、「比」、「興」三種。
「賦」是指「鋪陳直敍」，直接描述一件事情的經過。
「比」是指「託物擬況」，是打個比方，用一件事物比喻另一件事物。
「興」是指「託物起興」，是從一件事物聯想到另外一件事物。

在古代，《詩經》還有政治上的作用。春秋時期，各國之間的外交，若碰到一些不想說或難以言喻的話，經常會用唱詩或奏詩的方法來表達，是外交的好工具，功能有點類似現在的外交辭令。

毛詩

從漢朝起，儒家將《詩經》奉為經典，因此稱為《詩經》。當時有關《詩經》的研究很多，文壇上主要有四個派別，分別是齊、魯、韓、毛，其中只有《毛詩》流傳至今，是由漢代學者毛亨、毛萇所注釋而成。

動物

《詩經》共有三百多篇，其中提到一百多種動物，多半是用來形容人，或人與人之間的情感，例如最耳熟能詳的「關關雎鳩，在河之洲。窈窕淑女，君子好逑」，這是《詩經》的首篇，也是最膾炙人口的一段詩句。那些在河岸上叫個不停的雎鳩，就是「魚鷹」，是種專門捉魚的水鳥。詩中雌雄兩隻水鳥在和鳴、啼叫著，成雙成對相守不離，比喻為愛情的結合。

青銅文化

TOP PHOTO

西周時期，青銅器文化走向頂峰。由於周公制禮作樂，漸漸開始有列鼎和編鐘的青銅樂器出現。商周時期盛行出產酒器，到了春秋時期開始講究實用和樸素，帶鉤和銅鏡是當時的代表物。

《詩經》描述了古人的生活，他們唱著祝福別人的歌曲，也唱出暗戀的心意。距今兩千多年的他們是怎樣生活的呢？

西周的首都叫鎬京，也就是現今的西安。它是西周的政治中心，重要的典禮儀式也都會在這裡舉行。《詩經‧秦風‧黃鳥》是一首哀悼殉葬者的詩歌，它諷刺秦穆公死亡時，用了大量活人在鎬京陪葬。

TOP PHOTO

鎬京

相關的地方

終南山

《詩經》中那個有條樹、梅樹的終南山，又稱為南山，位於陝西。終南山靠近古代首都長安，很多急於當官的文人都會在此隱居，等待當官的一天，因此又引申了「終南捷徑」這個典故。

TOP PHOTO

首陽山

首陽山是《詩經》中人們採野菜的地方，位於河南。由於山勢高聳，據說是日出時第一座先被照到的山，因此稱為首陽山。它最知名的事件是商末周初時，伯夷與叔齊不肯當周朝的子民，在首陽山絕食而死，被後代推崇為賢人、君子。

漢水

蟠冢山是漢水的源頭，流經漢中、襄樊，在古代都是非常富庶的地方。《詩經》提到，漢水旁曾有個美麗的女孩，可惜江面太寬闊了，喜歡她的人無法渡河過去找她。現今的漢水仍然壯闊，不知道現在還有沒有人因為無法渡河而談不成戀愛呢？

河南博物院

北方黃河流域是中原文化的發源地，而距今兩千多年的《詩經》就是以黃河流域作為文化背景。古人們在黃河流域過著什麼樣的生活呢？走一趟河南博物院，我們可以看到他們辛勤工作、宴會娛樂、嫁娶生子的模樣，是不是就像現在的我們呢？

TOP PHOTO

TOP PHOTO

31

原典

國風‧周南‧關雎

關關[1]雎鳩[2]，在河之洲[3]。

窈窕[4]淑[5]女[6]，君子[6]好逑[7]。

參差[8]荇菜[9]，左右流[10]之。

窈窕淑女，寤寐[11]求之。

求之不得，寤寐思服[12]。

1. 關關：鳥叫聲
2. 雎鳩：水鳥
3. 洲：水中的陸地
4. 窈窕：美麗
5. 淑：善良賢慧
6. 君子：品德優秀的人
7. 逑：配偶

8. 參差：高低不整齊
9. 荇菜：植物
10. 流：尋找
11. 寤寐：寤是睡醒，寐是就寢，
    寤寐表示無時無刻
12. 思服：思念

悠哉悠哉[13]，輾轉反側[14]。

參差荇菜，左右采[15]之。

窈窕淑女，琴瑟[16]友[17]之。

參差荇菜，左右芼[18]之。

窈窕淑女，鐘鼓[19]樂[20]之。

13. 悠哉悠哉：思念非常深遠
14. 輾轉反側：翻來覆去
15. 采：摘採
16. 琴瑟：樂器，此指彈奏琴瑟
17. 友：友愛
18. 芼：選擇
19. 鐘鼓：樂器，此指敲擊鐘鼓
20. 樂：使……歡樂

換個方式讀讀看

　　兩三千年前的一個春日，無風無雨，天氣晴和，一位年輕男子在河水邊看見一位年輕女子。呀，多好多美的姑娘，那靈動的身影，那輕盈的手腳，真叫人喜歡！年輕男子動心了。

　　這個時候，成雙成對的雎鳩鳥在河中間的沙洲上，關關、關關地應和著叫了起來。

　　雎鳩，是很會用長嘴巴抓魚的魚鷹，常常雌雄成雙，而且感情融洽，不易變遷。

　　聽著那關關、關關的熱切叫聲，男子心裡想：「美麗又良善的好姑娘啊，真想和你親親熱熱結成雙。」

　　自從他這麼起心動念以後，後世的男子想要追求喜歡的好女子，就會想到「窈窕淑女，君子好逑」這兩句。

　　為什麼說是「窈窕淑女」？為什麼一眼就看出那姑娘是具有窈窕美貌的賢淑女子？因為姑娘背著簍筐站在水淺處，低頭認真採摘著或左或右漂浮在水上的荇菜，一望那利落好看的手腳身影，就知道她是勤於勞動，善於持家的。這樣的美貌好姑娘，讓人醒著、睡著都放不下，一心

要追求。

　追求成功嗎？看來沒那麼容易。追求不到，年輕男子一直在想怎麼辦、怎麼辦呢，想得翻來轉去睡不著覺。

　他的心裡面滿是姑娘的身影。大概他在河邊看見姑娘以後，上前搭話搭得不大順利，人家不怎麼答理他，但他還是待在旁邊不走，看姑娘忙著採摘荇菜，看她眼明手快，總挑那葉片青嫩的採。有機會，他也會遞上幾句話，或者幫點忙吧。

　他日也想，夜也想，想著明天要怎麼樣，未來要怎麼樣。他可是想明白了，好姑娘啊，不是隨便跟她玩玩或開開玩笑就可以算了的，窈窕淑女好姑娘啊，是要正正式式彈琴鼓瑟去迎她，正正式式敲鐘打鼓去娶她，是要尊重她，善待她，讓她歡喜，給她好日子，這樣才對，這樣才對！

　那春日萌生的喜悅，在春夜化為迴旋不斷的相思：參差荇菜……窈窕淑女……

原典

國風‧周南‧桃夭

桃之夭夭[1]，灼灼[2]其華[3]。

之子[4]于歸[5]，宜[6]其室家[7]。

桃之夭夭，有蕡[8]其實[9]。

之子于歸，宜其家室[10]。

1. 夭夭：嬌嫩茂盛
2. 灼灼：燦爛鮮明
3. 華：花
4. 之子：這位女子
5. 于歸：女子出嫁

6. 宜：相處融洽
7. 室家：家人
8. 蕡：又大又多
9. 實：果實
10. 家室：家人

桃ㄊㄠˊ之ㄓ夭ㄧㄠ夭ㄧㄠ，其ㄑㄧˊ葉ㄧㄝˋ蓁ㄓㄣ蓁ㄓㄣ[11]。
之ㄓ子ㄗˇ于ㄩˊ歸ㄍㄨㄟ，宜ㄧˊ其ㄑㄧˊ家ㄐㄧㄚ人ㄖㄣˊ。

11. 蓁蓁：茂盛

換個方式讀讀看

　　這是一首喜氣洋洋的婚禮頌歌，歌誦的是正要踏出娘家，嫁入夫家的新娘子。古代的女子出嫁叫做「歸」，意思是說她要回到永遠歸屬的家族，並在那個家族裡取得身為女人的地位。所以，雖然《詩經》裡也有好幾首詩，傳達出嫁女子內心的不安、不捨，但在誕生《詩經》的古代社會，女子出嫁，身有所歸，心有所屬，才是人生正道大喜事。

　　歡唱吧歡唱，有位女子要出嫁了！

　　看那嬌嫩美麗又年輕的桃樹，開滿一樹燦爛的桃花多麼好。這個貌美如桃花的好女子今天要出嫁過門了，她的光彩一定會照亮夫家的居室，讓家人幸福啊。

　　歡唱吧歡唱，有位女子要出嫁了！

　　看那嬌嫩美麗又年輕的桃樹，結滿一樹又大又圓、有紅有白的桃子多麼好。這個圓潤如桃子的好女子今天要出嫁過門了，她一定會結實纍纍，昌盛夫家，讓家庭和順啊。

　　歡唱吧歡唱，有位女子要出嫁了！

看那嬌嫩美麗又年輕的桃樹，長滿一樹茂密的桃葉多麼好。這個清新像桃葉的好女子今天要出嫁過門了，她一定會照應家人，努力持家，讓家族興旺啊。

‥‥‥‥‥‥

直到今天，我們還繼續唱這首歡歡喜喜的婚禮頌歌呢。許多新嫁娘婚禮的禮堂高懸著上書「于歸之喜」或「宜室宜家」的紅豔豔喜帳，那就是由《詩經》時代一路唱來的〈桃夭〉濃縮版頌歌！

這首詩特別用「夭夭」一詞說明詠唱的桃樹不是老桃樹，而是一株生機勃勃的年輕桃樹。桃樹栽下後只要三年就能夠開花結果，春天花開爛漫，夏季結果好吃，摘了桃子以後，就見滿樹綠葉菁菁。

〈桃夭〉這首詩依序寫桃樹的變化，半點不錯，隱隱點出桃樹的生命發展與新嫁娘的女性生涯可以類比，也用美好吉祥的桃樹來預祝新嫁娘于歸之後將有美滿人生。

原典

國風‧魏風‧伐檀

坎坎[1]伐檀[2]兮，置之河之干[3]兮，
河水清且漣猗[4]。
「不稼[5]不穡[6]，胡取禾三百廛[7]兮？
不狩不獵，
胡瞻[8]爾庭有縣[9]貆[10]兮？」
彼君子兮，不素餐[11]兮！
坎坎伐輻[12]兮，置之河之側兮，
河水清且直猗。

1. 坎坎：狀聲詞，伐木聲
2. 伐檀：砍伐檀木
3. 干：河邊
4. 漣猗：漣，水面的波紋，
　　猗，義同「兮」，語尾助詞
5. 稼：耕種
6. 穡：收割
7. 廛：單位詞
8. 瞻：看見
9. 縣：懸掛
10. 貆：獾，動物
11. 素餐：無功勞而享俸祿
12. 輻：車輪的直木

「不稼不穡，胡取禾三百億[13]兮？

不狩不獵，胡瞻爾庭有縣特[14]兮？」

彼君子兮，不素食兮！

坎坎伐輪[15]兮，

置之河之漘[16]兮，河水清且淪猗。

「不稼不穡，胡取禾三百囷[17]兮？

不狩不獵，胡瞻爾庭有縣鶉[18]兮？」

彼君子兮，不素飧[19]兮！

13. 億：束
14. 特：動物
15. 輪：車輪
16. 漘：河岸
17. 囷：束
18. 鶉：鵪鶉
19. 飧：煮熟的食物

換個方式讀讀看

　　《詩經》時代的社會，有上下貴賤之分，王室貴族是統治者，農民百姓是被統治者，也是生產者。農民百姓必須要將耕種或打獵捕魚的收穫繳交一部分給王室貴族，也必須要按時服勞役，打仗的時候則要去服兵役。《詩經》裡就有嘆息農夫不得閒，秋天才剛把農穫收入穀倉，就要去貴族老爺家裡服勞役的篇章。

　　檀樹，是一種木質堅硬的珍貴樹種，製成器物後非常耐久，不易腐爛，詩裡面提到百姓去到森林，砍伐檀木。

　　坎坎坎坎砍檀樹喲，砍倒了檀樹，放在河邊上喲。看那河水清清起漣漪喲。

　　大檀樹倒下來了，放在河邊上，是要做什麼呢？

　　下面的詩句沒有回答這個疑問，卻提出了兩個問題：為什麼有人不耕作，不收割，卻拿去三百大捆新鮮飽實的糧食？為什麼有人不狩獵，不獵捕，卻看到他家院牆上高掛著好皮毛的大貛？

提出問題的人拋出他的憤怒後，反諷地說，那些大人先生啊，可不會白吃白拿的喲！

坎坎坎坎砍檀樹喲，砍倒了檀樹，放在河岸上喲，砍倒了檀樹做車輻喲。看那河水清清一直往前流喲。為什麼有人不耕作，不收割，卻拿去三百大捆新鮮飽實的糧食？為什麼有人不狩獵，不獵捕，卻看到他家院牆上高掛著大獸野味？那些大人先生啊，可不會白吃白拿的喲！

坎坎坎坎砍檀樹喲，砍倒了檀樹，放在河水邊喲，砍倒了檀樹做車輪喲。看那河水清清起波紋喲。為什麼有人不耕作，不收割，卻拿去三百大捆新鮮飽實的糧食？為什麼有人不狩獵，不獵捕，卻看到他家院牆上高掛著好鮮美的鵪鶉？那些大人先生啊，可不會白吃白拿的喲！

在河邊詠唱〈伐檀〉的人，有沒有想到那些不會白吃白拿的大人先生，要他們砍伐檀樹去做上好的車輪，是為了什麼？

國風ㄍㄨㄛ ㄈㄥ・王風ㄨㄤ ㄈㄥ・兔爰ㄊㄨ ㄩㄢ

有ㄧㄡ兔ㄊㄨ爰ㄩㄢ爰ㄩㄢ[1]，雉ㄓ[2]離ㄌㄧ[3]于ㄩ羅ㄌㄨㄛ[4]。

我ㄨㄛ生ㄕㄥ之ㄓ初ㄔㄨ，尚ㄕㄤ[5]無ㄨ為ㄨㄟ[6]。

我ㄨㄛ生ㄕㄥ之ㄓ後ㄏㄡ，逢ㄈㄥ[7]此ㄘ百ㄅㄞ罹ㄌㄧ[8]。

尚ㄕㄤ[9]寐ㄇㄟ[10]無ㄨ吪ㄜ[11]！

有ㄧㄡ兔ㄊㄨ爰ㄩㄢ爰ㄩㄢ，雉ㄓ離ㄌㄧ于ㄩ罦ㄈㄨ[12]。

我ㄨㄛ生ㄕㄥ之ㄓ初ㄔㄨ，尚ㄕㄤ無ㄨ造ㄗㄠ[13]。

1. 爰爰：緩慢行走
2. 雉：野雞
3. 離：陷入
4. 羅：捕獸網
5. 尚：尚未，還沒
6. 為：徭役
7. 逢：遭遇
8. 罹：憂患
9. 尚：希望
10. 寐：睡
11. 吪：行動
12. 罦：捕獸網
13. 造：勞役

我ㄨㄛˇ生ㄕㄥ之ㄓ後ㄏㄡˋ，逢ㄈㄥ此ㄘˇ百ㄅㄞˇ憂ㄧㄡ[14]。

尚ㄕㄤˋ寐ㄇㄟˋ無ㄨˊ覺ㄐㄩㄝˊ[15]！

有ㄧㄡˇ兔ㄊㄨˋ爰ㄩㄢˊ爰ㄩㄢˊ，雉ㄓˋ離ㄌㄧˊ于ㄩˊ罝ㄐㄩ[16]。

我ㄨㄛˇ生ㄕㄥ之ㄓ初ㄔㄨ，尚ㄕㄤˋ無ㄨˊ庸ㄩㄥ[17]。

我ㄨㄛˇ生ㄕㄥ之ㄓ後ㄏㄡˋ，逢ㄈㄥ此ㄘˇ百ㄅㄞˇ凶ㄒㄩㄥ[18]。

尚ㄕㄤˋ寐ㄇㄟˋ無ㄨˊ聰ㄘㄥ[19]！

14.憂：憂患
15.覺：睡醒
16.罝：捕獸網
17.庸：勞役

18.凶：凶險
19.聰：聽覺

換個方式讀讀看

〈兔爰〉是在西周跨越到東周之後誕生的詩篇，它的作者親眼見過西周最後一段比較平靜的時期，然後歷經周幽王被殺，戰亂後的京城鎬京一片殘破，周平王即位，將京城東遷到雒邑，建立東周這一連串動盪的歷史事件。他看見周天子雖然還在，但天下已經不是周天子的了，王室所能支配的土地還不及有些諸侯國，周天子不但不能號令諸侯，還得要看諸侯臉色。

財力上捉襟見肘的東周王室為了維持王朝的門面和顯貴的生活，加重百姓的賦稅和勞役，使百姓的日子更加不好過，於是哀聲四起，民間就傳唱起憤怨詩歌。

〈兔爰〉這首詩由一鳥一獸寫起，鳥是雉雞，獸是小獸兔子，都是膽怯和平的動物。

兔子兔子你慢慢地走，當心當心，雉雞已經進了羅網。這世道真壞

啊！我出生那時，人的日子還過得下去，還沒有徭役。待我出生長大，為什麼卻碰上種種苦難沒個完？啊，最好閉上眼睛，長睡不起。

兔子兔子你慢慢地走，當心當心，雉雞已經進了羅網。這世道真壞啊！我出生那時，人的日子還過得下去，還沒有徭役。待我出生長大，為什麼卻碰上種種憂患沒個完？啊，還是閉上眼睛，長睡不醒吧。

兔子兔子你慢慢地走，當心當心，雉雞已被羅網纏身逃不走。這世道真壞啊！我出生那時，人的日子還過得下去，還沒有徭役。待我出生長大，為什麼卻碰上種種凶險沒個完？啊，最好還是閉上眼睛長眠，什麼都不要去聽啊。

這首詩三段式的疊唱，像是在黑暗中的摸索，在無奈中的抗議，在絕望中的呼號，具有火山快要爆發般的強大力量。

原典

國風·王風·黍離

彼黍離離[1]，彼稷[3]之苗。

行邁[4]靡靡[5]，中心[6]搖搖[7]。

知我者謂我心憂，

不知我者謂我何求。

悠悠[8]蒼天，此何人哉？

彼黍離離，彼稷之穗。

行邁靡靡，中心如醉。

1.黍：玉米
2.離離：茂盛
3.稷：高粱
4.行邁：行走
5.靡靡：無精打采
6.中心：內心
7.搖搖：不安穩
8.悠悠：高遠

知ㄓ我ㄨㄛˇ者ㄓㄜˇ謂ㄨㄟˋ我ㄨㄛˇ心ㄒㄧㄣ憂ㄧㄡ，

不ㄅㄨˋ知ㄓ我ㄨㄛˇ者ㄓㄜˇ謂ㄨㄟˋ我ㄨㄛˇ何ㄏㄜˊ求ㄑㄧㄡˊ。

悠ㄧㄡ悠ㄧㄡ蒼ㄘㄤ天ㄊㄧㄢ，此ㄘˇ何ㄏㄜˊ人ㄖㄣˊ哉ㄗㄞ？

彼ㄅㄧˇ黍ㄕㄨˇ離ㄌㄧˊ離ㄌㄧˊ，彼ㄅㄧˇ稷ㄐㄧˋ之ㄓ實ㄕˊ。

行ㄒㄧㄥˊ邁ㄇㄞˋ靡ㄇㄧˇ靡ㄇㄧˇ，中ㄓㄨㄥ心ㄒㄧㄣ如ㄖㄨˊ噎ㄧㄝ[9]。

知ㄓ我ㄨㄛˇ者ㄓㄜˇ謂ㄨㄟˋ我ㄨㄛˇ心ㄒㄧㄣ憂ㄧㄡ，

不ㄅㄨˋ知ㄓ我ㄨㄛˇ者ㄓㄜˇ謂ㄨㄟˋ我ㄨㄛˇ何ㄏㄜˊ求ㄑㄧㄡˊ。

悠ㄧㄡ悠ㄧㄡ蒼ㄘㄤ天ㄊㄧㄢ，此ㄘˇ何ㄏㄜˊ人ㄖㄣˊ哉ㄗㄞ？

9. 噎：食物塞住喉嚨

49

換個方式讀讀看

　　動盪的時代，多少人內心不安，惶惶不可終日。《詩經》裡面就收錄了不少這樣的時代哀聲，像魏風的〈園有桃〉，詩人看到園裡的桃樹結實可吃了，卻並不開心。雖然沒有明說，但很可能是憂傷好景不長，禍害將起。

　　周平王將京城東遷至雒邑以後，東周王朝的領土和勢力大為削減，但是東周初期還認不清楚形勢，曾對諸侯發動過幾次征伐，勞民傷財，只輸不贏。王朝的百姓負擔沉重，很多人家庭破滅，所以王朝境內的歌謠，也就是王風，有很多哀痛的詞曲。〈黍離〉就是失去故國家園的人漂泊天涯時的悲吟。

　　我走過田野，那小米的穗葉離離披散，那高粱抽出了新苗。

　　我走過田野，步履踉蹌遲緩，心中迷亂不定。

　　這樣的我，別人怎麼看？原來，了解我的人說我心裡多憂慮，不了解我的人說我還有所圖謀，還企求什麼。唉，浩浩茫茫的蒼天啊，這世上

都是些什麼樣的人啊？

　　我走過田野，那小米的穗葉離離披散，那高粱已開花吐穗。我走過田野，步履跟蹌遲緩，心中迷離恍惚，如同醉酒。

　　別人究竟怎麼看這樣的我？詩人深深感嘆：原來，了解我的人說我心裡多憂慮，不了解我的人說我還有所圖謀，還企求什麼。唉，浩浩茫茫的蒼天啊，這世上都是些什麼樣的人啊？

　　我走過田野，那小米的穗葉離離披散，那高粱已結實纍纍。我走過田野，步履跟蹌遲緩，心中悲愴難忍，如有哽咽。

　　最後，詩人再一次詠嘆問天：原來，了解我的人說我心裡多憂慮，不了解我的人說我還有所圖謀，還企求什麼。唉，浩浩茫茫的蒼天啊，這世上都是些什麼樣的人啊？

　　走過田野，行過季節，國與家都毀了，歷史不能重來，何處是歸程？

原典

國風·王風·君子于役

君子于役[1][2]，不知其期[3]。

曷[4]至哉？

雞棲[5]于塒[6]，日之夕[7]矣，羊牛下來[8]

君子于役，如之何勿思[9]！

1. 君子：指丈夫
2. 役：服勞役
3. 期：回家的時間
4. 曷：何時
5. 棲：住
6. 塒：雞窩
7. 夕：傍晚
8. 下來：日落回家
9. 思：思念

君ㄐㄩㄣ子ㄗˇ于ㄩˊ役ㄧˋ，不ㄅㄨˋ日ㄖˋ不ㄅㄨˋ月ㄩㄝˋ。

曷ㄏㄜˊ其ㄑㄧˊ有ㄧㄡˇ佸ㄏㄨㄛˊ10？

雞ㄐㄧ棲ㄑㄧˊ于ㄩˊ桀ㄐㄧㄝˊ11，日ㄖˋ之ㄓ夕ㄒㄧ矣ㄧˇ，羊ㄧㄤˊ牛ㄋㄧㄡˊ下ㄒㄧㄚˋ括ㄎㄨㄛ12。

君ㄐㄩㄣ子ㄗˇ于ㄩˊ役ㄧˋ，苟ㄍㄡˇ無ㄨˊ饑ㄐㄧ渴ㄎㄜˋ？

10. 佸：相會
11. 桀：小木椿
12. 括：至

53

換個方式讀讀看

〈君子于役〉是家裡妻子想念出征丈夫的相思曲。

由詩的內容，可以看出女主人公是位忙碌的農村婦女。她的相思曲並不扭捏作態，開口就唱：我的丈夫去當兵服役，不知道什麼時候才能當完兵回來。他現在到了哪兒？也一點都不曉得。

農村婦女本來就忙，丈夫不在家，一定更忙，什麼活都要自己來。她一邊忙著種種農務，一邊平平實實地現場敘述：嘰嘰喳喳的雞群吃飽了穀糧，進窩睡覺。太陽下山，牛羊吃飽了青草，也下山回家歇息。

但是這幾句話再生動不過了，我們不但看見「雞棲于塒」和「羊牛下來」，也看見誰把雞趕進雞塒，誰把牛羊趕下山。這個能幹的女人把雞群和牛羊一一都安頓好，覺得家裡就只有一個該回來的還沒回來，唉，她再能幹，這件事也由不得她。那個人在當兵服役，叫我怎麼能不想他啊！

想他，想他，她想的是：我的丈夫去當兵服役，天黑天亮，日子好長好長，數都數不清，什麼時候，他才能回來跟我團圓再相聚？

接下來，她又詠唱：雞吃飽後棲息在橫木條上睡覺了，太陽下山，牛羊吃飽了青草，也下山回家歇息。

這個能幹的女人把雞禽家畜都照顧得好好的，家裡就只有一個人沒能讓她好好照顧，唉，她再能幹，這件事也由不得她。那個人在當兵服役，有飯吃，有水喝吧？希望他不至於忍饑挨渴啊。

希望丈夫平安，希望丈夫吃飽，希望丈夫回家。這就是亂世婦女最最卑微的期望。這首詩裡的農家婦女心心念念的，都是她那出外打仗的丈夫，她不抱怨自己辛苦，她不責怪天子無能，諸侯爭利，世道不良，她無爭地承擔一切，只默默期待她那缺了一角的小小世界能早日補全復原。

原典

國ㄍㄨㄛˊ風ㄈㄥ・鄭ㄓㄥˋ風ㄈㄥ・有ㄧㄡˇ女ㄋㄩˇ同ㄊㄨㄥˊ車ㄐㄩ

有ㄧㄡˇ女ㄋㄩˇ同ㄊㄨㄥˊ車ㄐㄩ，顏ㄧㄢˊ[1]如ㄖㄨˊ舜ㄕㄨㄣˋ華ㄏㄨㄚ[2]。

將ㄐㄧㄤ翱ㄠˊ將ㄐㄧㄤ翔ㄒㄧㄤ[3]，佩ㄆㄟˋ玉ㄩˋ瓊ㄑㄩㄥˊ琚ㄐㄩ[4]。

彼ㄅㄧˇ美ㄇㄟˇ孟ㄇㄥˋ姜ㄐㄧㄤ[5]，洵ㄒㄩㄣˊ[6]美ㄇㄟˇ且ㄑㄧㄝˇ都ㄉㄨ[7]。

1. 顏：容貌
2. 舜華：木槿花
3. 翱翔：飛翔
4. 瓊琚：美玉
5. 孟姜：美女
6. 洵：確實
7. 都：閒雅

有女同行，顏如舜英[8]。

將翱將翔，佩玉將將[9]。

彼美孟姜，德音[10]不忘。

8. 英：花
9. 將將：叮噹響
10. 德音：好名聲

換個方式讀讀看

　　一位男子喜不自勝地任意瞧著同車的一位女子，覺得她怎麼這麼漂亮啊，自己怎麼這麼幸運啊，竟能與天下第一的大美人同車同行！於是得意洋洋地形容起那美人有多美，簡直是樂翻了天。不過，那位美女到底是什麼身分？

　　有人認為國風裡的鄭風很不得了，二十一首詩裡面竟然有十六首是情詩，而且率直奔放地說出快樂、生氣、盼望、焦慮等各種戀愛的心情，那麼這位美女，大概就是和情郎乘車出遊的一位大膽女郎吧。

　　但是有人認為在上古的《詩經》時代，未婚男女不大可能公然乘車出遊，車上的女子其實是位新嫁娘，與她同坐車上的則是娶得美人歸的新郎。

　　到底神祕女郎是誰？

　　有位佳人與我同車，她的容顏美啊，就像燦爛奪目的木槿花。

　　這位男子真是太快樂了，一開口就向全世界宣布：我的車上有位花一樣的美女！

接下來是繼續喜孜孜地形容佳人的美。將翱將翔，是說佳人的風韻體態，輕盈如雲端飛鳥，婀娜如天上女神。佩玉瓊琚，是說佳人的服飾美麗，她還配戴著光彩的美玉，更形優雅。

　　這位美人啊，美得就像，就像……就像齊國有名的美女孟姜。

　　有位佳人與我同行，她的容顏美啊，就像燦爛奪目的木槿花。她一舉手一投足啊，輕盈如飛鳥，婀娜如女神，身上的環佩叮噹，可好聽了。還有，還有，她不但像孟姜一樣美，她還有高尚的人品，大家傳誦的聲譽！

　　歡喜若狂的男子讚美了同車女子的容貌，又讚美了她的姿態風度，讚美了她的外型服飾，又讚美了她的內在品格，因此可知這位內外兼修的女子確實是他夢寐以求的新娘子！我們祝福他，恭喜他！

小雅・魚藻之什・隰桑

隰桑[1]有阿[2]，其葉有難[3]。

既見君子，其樂如何？

隰桑有阿，其葉有沃[4]。

既見君子，云何不樂？

1.隰：低溼的地方
2.阿：美貌
3.難：茂盛
4.沃：濃密

隰ㄒㄧˊ桑ㄙㄤ有ㄧㄡˇ阿ㄚ，其ㄑㄧˊ葉ㄧㄝˋ有ㄧㄡˇ幽ㄧㄡ[5]。
既ㄐㄧˋ見ㄐㄧㄢ君ㄐㄩㄣ子ㄗˇ，德ㄉㄜˊ音ㄧㄣ[6]孔ㄎㄨㄥˇ膠ㄐㄧㄠ[7]。
心ㄒㄧㄣ乎ㄏㄨ愛ㄞˋ矣ㄧˇ，遐ㄒㄧㄚ[8]不ㄅㄨˋ謂ㄨㄟˋ矣ㄧˇ？
中ㄓㄨㄥ心ㄒㄧㄣ[9]藏ㄘㄤˊ之ㄓ，何ㄏㄜˊ日ㄖˋ忘ㄨㄤˋ之ㄓ？

5. 幽：深黑色
6. 德音：情話
7. 膠：牢固
8. 遐：為何
9. 中心：內心

換個方式讀讀看

　　快樂，有張揚飛舞的快樂，也有深沉靜默的快樂。來看這位桑樹下的溫柔女子……

　　桑樹渾身是寶，為農業社會重要的經濟作物，農舍旁邊常種上幾株桑樹。不過這裡的桑樹是「隰桑」，距鄉村農舍遠了，也就成了《詩經》裡面的約會地點。

　　詩裡的女主角很可能是位採桑女，這一天，是事先約好的吧，她在桑林裡見到了她的君子，她的心上人。

　　那低地的桑樹林啊多麼美，桑樹茂盛啊好遮陰。見到了我的心上人啊，快樂，快樂，多麼的快樂！

　　那低地的桑樹林啊多麼美，桑葉濃密啊綠油油。快樂啊快樂，見到了我的心上人啊，怎麼能夠不快樂？

　　那低地的桑樹林啊多麼美，桑葉光鮮啊碧青青。見到了我的心上人啊，一言一語

聽入耳，情話綿綿不能忘。

　　心上人啊，大概什麼都是好的，他的人好看，他的話好聽，他的濃情蜜意好叫人陶醉！採桑女毫不掩飾自己的快樂。她的心不會欺騙她，她的心告訴她，見到那個人會那麼高興，是因為自己愛著他。那麼，熱情的採桑女，說出了那份愛嗎？

　　情意可與桑林之美相比的採桑女，終於唱出：我的心裡愛著他，為什麼不說出來，為什麼不告訴他？我把我的愛深深藏在最深最深的心裡面，哪一天會忘了他？哪一天會忘了我的愛？

　　最後，不再提桑樹、桑葉，彷彿她走出濃密隱桑的葉影了，正檢視著自己的內心。是的，她很確定，她心裡擁有的不是一時的熱情，而是深刻的愛情。為什麼她不說出來？採桑女沒有告訴我們，她只把寶貴的愛藏好在心底。

原典

小‍雅‍·‍鴻‍雁‍之‍什‍·‍無‍羊

誰‍謂‍爾[1]‍無‍羊‍？三‍百‍維[2]‍群‍。

誰‍謂‍爾‍無‍牛[3]‍？九‍十‍其‍犉[3]‍。

爾‍羊‍來‍思‍，其‍角‍濈‍濈[4]‍。

爾‍牛‍來‍思‍，其‍耳‍溼‍溼[5]‍。

或‍降‍于‍阿[6]‍，或‍飲‍于‍池‍，或‍寢‍或‍訛[7]‍。

爾‍牧‍來‍思‍，何‍蓑[8]‍何‍笠[9]‍，或‍負[10]‍其‍餱[11]‍。

三‍十‍維‍物‍，爾‍牲[12]‍則‍具[13]‍。

1. 爾：你	6. 阿：丘陵	11. 餱：乾糧
2. 維：猶「為」	7. 訛：活動	12. 牲：祭品
3. 犉：牛	8. 蓑：蓑衣	13. 具：齊備
4. 濈濈：聚集	9. 笠：斗笠	
5. 溼溼：搖動	10. 負：以肩背物	

爾牧來思，以薪[14]以蒸[15]，以雌以雄。

爾羊來思，矜矜[16]兢兢[17]，不騫不崩[18]。

麾[19]之以肱[20]，畢來既升。

牧人乃夢，眾維魚矣，旐[21]維旟[22]矣。

大人占[23]之：眾維魚矣，實維豐年[24]；

旐維旟矣，室家溱溱[25]。

14. 薪：砍柴
15. 蒸：割草
16. 矜矜：小心戒慎
17. 兢兢：意同矜矜
18. 不騫不崩：不散亂
19. 麾：指揮
20. 肱：胳膊
21. 旐：畫龜蛇的旗，人口少的郊縣所建
22. 旟：畫鳥隼的旗，人口眾多的州所建
23. 占：占卜
24. 豐年：農作物豐收的年頭
25. 溱溱：眾多

換個方式讀讀看

《詩經》時代的畜牧業相當發達，除了在郊外大面積的牧場上放牧馬牛羊，也會把馬牛羊圍起來圈養，政府還設了管理畜牧業的牧官、管理牧地的牧師以及獸醫等專職人員。現在要欣賞的這首詩則呈現了當時牧場的光景，成群牛羊的盛況，以及敍事人津津樂道的大歡喜。

誰說你沒有羊？你有三百頭羊一大群。誰說你沒有牛？你有七尺大牛九十頭。看，牠們這不是來了嗎？你的羊來了，羊犄角擠擠挨挨地來了。你的牛來了，牛耳朵搖搖抖抖地來了。

我們好像可以看見敍事的詩人在牧場上指指點點，他對牛羊的主人說，快別謙虛了你，你的牛羊真不少呀！瞧，瞧，瞧！他不但計數精準，而且一句話便讓人看見那大群牛羊生動的形貌。

再看牛羊的活動情形。牠們有的正從山上下來，有的到池子邊喝水，有的臥下睡覺，有的蹦蹦跳跳。接著，緊跟牛羊的牧人也來了，詩人說，你的牧人來了，他們

穿蓑衣，戴斗笠，還有人帶著乾糧。細看這片熱鬧的景象後，詩人誇道：這群牛羊的毛色，三十種都全了，所以你啊，各種祭祀的牲口都齊備了。

接著，來看看牧人忙什麼：你的牧人來了，飼養牛羊的工作做得好，粗草料，細草料，準備得多周到；雌與雄，公與母，也都好好準備配種和生育。看啊，詩人又說：你的羊來了，擠擠挨挨一大群，不亂跑，不落隊，牧人一揮手，全都乖乖跟著上坡去吃草。

好牛羊啊好牧場！於是歡喜的牧人作了個夢。牧人夢見大群蝗蟲變成魚，龜蛇旗子變成老鷹旗。

這可奇了，有請占夢大人來解夢。大人占卜後說了，夢是好夢，夢是吉夢，蝗蟲變成魚，預兆來年是豐年，龜蛇旗子變成老鷹旗，預兆人丁興旺家運好！

歡樂的牧歌結束在這個預示年豐、人旺、好未來的吉祥夢裡。牧養著牛羊的牧人真會作夢呀！

當小老百姓的朋友

　　兩三千年前的黃河流域，誰可以想像得到它的樣貌？誰可以想像得到那兒住著什麼人？那些人穿著什麼衣服？那些人想著什麼？

　　以上問題，有幸透過出土文物和考古，大概可以獲知大部分的答案，但有關一般小老百姓的歡喜與悲傷，我們又如何得知一二呢？這時候，就是要《詩經》！

　　《詩經》是黃河流域一帶流傳於民間的歌謠，原先是配合著音樂、可以演唱的歌詞，經過無數人傳唱，流傳下來。後來有熱心人士積極蒐集、編選、修潤，終於有了這部《詩經》。

　　就像現代人一樣，心情好，想唱歌，心情不好，也會想要有一首歌足以抒發此時此刻的鬱悶。《詩經》裡的詩，就是當時人們的心情寫照。喜怒哀樂，他們為什麼快樂？又如何快樂？傷心呢？又為什麼傷心？看著熱鬧的嫁娶行列，有人不禁也沾染了喜氣，興起祝賀之意；面對地震、大雨滂沱，因敬畏大自然而衍生了環保意識；還有，不滿嚴刑峻法，諷刺執政者的不公不義，甚至苦口婆心地規勸近君子遠小人……

　　咦？明明說的是遠古的事，為什麼種種情緒卻這麼似曾相識呢？所以，《詩經》一點也不難懂，透過現代語言的解釋和說明，我們一定可以立刻跨過時空，和這些人們交朋友，閒話家常，毫不困難。而且，就像蒙塵的鏡子一樣，經過這一擦拭，我們會發現，映照出來的其實是我們自己的喜怒哀樂！

我是大導演

看完了《詩經》的故事之後，
現在換你當導演。
請利用紅圈裡面的主題（古早），
參考白圈裡的例子（例如：歷史），
發揮你的聯想力，
在剩下的三個白圈中填入相關的詞語，
並利用這些詞語畫出一幅圖。

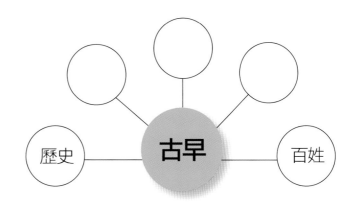

經典少年遊

youth.classicsnow.net

◎ 少年是人生開始的階段。因此，少年也是人生最適合閱讀經典的時候。

因為，這個時候讀經典，可以為將來的人生旅程準備豐厚的資糧。

因為，這個時候讀經典，可以用輕鬆的心情探索其中壯麗的天地。

◎ 【經典少年遊】，每一種書，都包括兩個部分：「繪本」和「讀本」。

繪本在前，是感性的、圖像的，透過動人的故事，來描述這本經典最核心的精神。

小學低年級的孩子，自己就可以閱讀。

讀本在後，是理性的、文字的，透過對原典的分析與說明，讓讀者掌握這本經典最珍貴的知識。

小學生可以自己閱讀，或者，也適合由家長陪讀，提供輔助說明。

001 詩經　最早的歌
Book of Odes:The Earliest Collection of Songs

原著／無名氏　原典改寫／唐香燕　故事／比方　繪圖／AU

聽！誰在唱著歌？「關關雎鳩，在河之洲，窈窕淑女，君子好逑。」這是兩千多年前的人民，他們辛苦工作、努力生活，把喜怒哀樂都唱進歌裡頭，也唱成了《詩經》。這是遙遠從前的人們，為自己唱的歌。

002 屈原　不媚俗的楚大夫
Ch'ü Yüan:The Noble Liegeman

原著／屈原　原典改寫／詹凱婷　故事／張瑜珊　繪圖／灰色獸

如果說真話會被討厭、還會被降職，誰還願意說出內心話？屈原卻仍然說著：「是的，我願意。」屈原的認真固執，讓他被流放到遠方。他只能把自己的真心話寫成《楚辭》，表達心中的苦悶和難過。

003 古詩十九首　亂世的悲歡離合
Nineteen Ancient Poems:Poetry in Wartime

原著／無名氏　原典改寫／康逸藍　故事／張瑜珊　繪圖／吳孟芸

蕭統喜歡文學，喜歡蒐集優美的作品。這些作品是「古詩十九首」，不知道作者是誰，也無法確定究竟來自於何時。當蕭統遇見「古詩十九首」，他看見離別的人，看見思念的人，還看見等待的人。

004 樂府詩集　說故事的民歌手
Yuefu Poetry:Tales that Sing

編者／郭茂倩　原典改寫／劉湘湄　故事／比方　繪圖／菌先生

《樂府詩集》是古老的民歌，唱著花木蘭代父從軍的勇敢，唱出了採蓮遊玩的好時光。如果不是郭茂倩四處蒐集，將五千多首詩整理成一百卷，我們今天怎麼有機會感受到這些民歌背後每一則動人的故事？

005 陶淵明　田園詩人
T'ao Yüan-ming:The Pastoral Poet

原著／陶淵明　原典改寫／唐香燕　故事／鄧芳喬　繪圖／黃雅玲

陶淵明不喜歡當官，不想為五斗米折腰。他最喜歡的生活就是早上出門耕作，空閒的時候看書寫詩，跟朋友喝點酒，開心就大睡一場。閱讀陶淵明的詩，我們也能一同享受關於他的，最美好的生活。

006 李白　長安有個醉詩仙
Li Po:The Drunken Poet

原著／李白　原典改寫／唐香燕　故事／比方　繪圖／謝祖華

要怎麼稱呼李白？是詩仙，還是酒仙？是浪漫的劍客，還是頑皮的大孩子？寫詩是他最出眾的才華，酒與月亮是他的最愛。李白總說著「人生得意須盡歡」，還說「欲上青天攬明月」，那就是他的任性、浪漫與自由。

007 杜甫　憂國的詩聖
Tu Fu:The Poet Sage

原著／杜甫　原典改寫／周姚萍　故事／鄧芳喬　繪圖／王若齊

為什麼詩人杜甫這麼不開心？因為當時的唐朝漸漸破敗，又是戰爭，又是饑荒，杜甫看著百姓失去親人，流離失所。他像是來自唐朝的記者，為我們報導了太平時代之後的動亂，我們看見了小老百姓的真實生活。

008 柳宗元　曠野寄情的旅行者
Liu Tsung-yüan:The Travelling Poet

原著／柳宗元　原典改寫／岑澎維　故事／張瑜珊　繪圖／陳尚仁

柳宗元年輕的時候就擁有好多夢想，等待實現。幾年之後，他卻被貶到遙遠的南方。他很失落，卻沒有失去對生活的希望。他走進永州的山水，聽樹林間的鳥叫聲，看湖面上的落雪，記錄南方的風景和生活。

◎ 【經典少年遊】，我們先出版一百種中國經典，共分八個主題系列：

詩詞曲、思想與哲學、小說與故事、人物傳記、歷史、探險與地理、生活與素養、科技。

每一個主題系列，都按時間順序來選擇代表性的經典書種。

◎ 每一個主題系列，我們都邀請相關的專家學者擔任編輯顧問，提供從選題到內容的建議與指導。

我們希望：孩子讀完一個系列，可以掌握這個主題的完整體系。讀完八個不同主題的系列，

可以不但對中國文化有多面向的認識，更可以體會跨界閱讀的樂趣，享受知識跨界激盪的樂趣。

◎ 如果說，歷史累積下來的經典形成了壯麗的山河，那麼【經典少年遊】就是希望我們每個人

都趁著年少，探索四面八方，拓展眼界，體會山河之美，建構自己的知識體系。

少年需要遊經典。

經典需要少年遊。

009 李商隱　情聖詩人
Li Shang-yin:Poet of Love

原著／李商隱　原典改寫／唐香燕　故事／張瓊文　繪圖／馬樂原

「春蠶到死絲方盡，蠟炬成灰淚始乾。」這是李商隱最出名的情詩。他在山上遇見一個美麗宮女，不僅為她寫詩，還用最溫柔的文字說出他的想念。雖然無法在一起，可是他的詩已經成為最美麗的信物。

010 李後主　思鄉的皇帝
Li Yü:Emperor in Exile

原著／李煜　原典改寫／劉思源　故事／比方　繪圖／查理宛豬

李後主是最有才華的皇帝，也是命運悲慘的皇帝。他的天真善良，讓他當不成一個好君主，卻成為我們心中最溫柔善感的詞人，也總是讓我們跟著他嘆息：「問君能有幾多愁，恰似一江春水向東流。」

011 蘇軾　曠達的文豪
Su Shih:The Incorrigible Optimist

原著／蘇軾　原典改寫／劉思源　故事／張瑜珊　繪圖／桑德

誰能精通書畫，寫詩詞又寫散文？誰不怕挫折，幽默頑皮面對每一次困境？他就是蘇軾。透過他的作品，我們看到的不僅是身為「唐宋八大家」的出色文采，更令人驚嘆的是他處處皆驚喜與享受的生活態度。

012 李清照　中國第一女詞人
Li Ch'ing-chao:The Preeminent Poetess of China

原著／李清照　原典改寫／劉思源　故事／鄧芳喬　繪圖／蘇力卡

李清照與丈夫趙明誠雖然不太富有，卻用盡所有的錢搜集古字畫，帶回家細細品味。只是戰爭發生，丈夫過世，李清照像落葉一樣飄零，所有的難過，都只能化成文字，寫下一句「簾捲西風，人比黃花瘦」。

013 辛棄疾　豪放的英雄詞人
Hsin Ch'i-chi:The Passionate Patriot

原著／辛棄疾　原典改寫／岑澎維　故事／張瑜珊　繪圖／陳柏龍

辛棄疾，宋代的愛國詞人。收回被金人佔去的領土，是他的夢想。他把這個夢想寫進詞裡，成為豪放派詞人的代表。看他的故事，我們可以感受「氣吞萬里如虎」的氣勢，也能體會「卻道天涼好箇秋」的自得。

014 姜夔　愛詠梅的音樂家
Jiang K'uei:Plum Blossom Musician

原著／姜夔　原典改寫／嚴淑女　故事／張瓊文　繪圖／57

姜夔是南宋詞人，同時也是音樂家，不僅自己譜曲，還留下古代的樂譜，將古老的旋律流傳到後世。他的文字優雅，正如同他敏感細膩的心思。他的創作，讓我們理解了萬物的有情與奧妙。

015 馬致遠　歸隱的曲狀元
Ma Chih-yüan:The Carefree Playwright

原著／馬致遠　原典改寫／岑澎維　故事／張瓊文　繪圖／簡漢平

「枯藤老樹昏鴉，小橋流水平沙」，是元曲家馬致遠最出名的作品，他被推崇為「曲狀元」。由於仕途不順，辭官回家。這樣曠達的思想，讓馬致遠的作品展現豪氣，被推崇為元代散曲「豪放派」的代表。

經典。
少年遊

youth.classicsnow.net

001
詩經　最早的歌
Books of Odes
The Earliest Collection of Songs

編輯顧問（姓名筆劃序）
王安憶　王汎森　江曉原　李歐梵　郝譽翔　陳平原
張隆溪　張臨生　葉嘉瑩　葛兆光　葛劍雄　鄭培凱

原著：無名氏
原典改寫：唐香燕
故事：比方
封面繪圖：AU　周芮竹
內頁繪圖：AU

主編：冼懿穎
編輯：張瑜珊　張瓊文　鄧芳喬
美術設計：張士勇　倪孟慧
校對：呂佳真

企畫：網路與書股份有限公司
出版者：大塊文化出版股份有限公司
台北市10550南京東路四段25號11樓
www.locuspublishing.com
讀者服務專線：0800-006689
TEL：+886-2-87123898
FAX：+886-2-87123897
郵撥帳號：18955675
戶名：大塊文化出版股份有限公司
法律顧問：全理法律事務所董安丹律師

總經銷：大和書報圖書股份有限公司
地址：新北市新莊區五工五路2號
TEL：+886-2-8990-2588
FAX：+886-2-2290-1658
製版：瑞豐實業股份有限公司

初版一刷：2012年8月
定價：新台幣299元